おもいで語り

――片想いだらけの青春・古代逍遥

香川正
KAGAWA TADASHI

幻冬舎MC

沖縄への新婚旅行
学生さんのスケッチ

民俗資料館・喜宝院蒐集館の前にて
（竹富島小浜荘のみなさんと）

雑司が谷公園（旧高田小跡）から
サンシャイン60方面を望む

東池袋中央公園・ハロウィン前の光景（2023年10月29日）
〈撮影：名取俊一〉

おもいで語り

――片想いだらけの青春・古代逍遥

感謝

——彷徨（さすら）い人

出版に寄せて

香川正君、いやターちゃんとは、現在は東京都豊島区役所がある地にあった豊島区立日出小学校の同期（四年生までは同級）だ。彼の家（銭湯・龍の湯）の湯船の裏にあたる暖かい部屋（下風呂）で遊んだ記憶が鮮明にある。

中学校が違ったこともあり、五十代になるまで、頻繁に会うことはなかった。その後、還暦・古希はじめ節目のおりに、彼が同期会の幹事を務めてくれたこともあり、旅行を含め楽しい時間を共にすることが多くなった。

この書にあるように、都電が交差する地に、我々が育った日ノ出町・雑司が谷はあった。同じような青春を体験し、同じような甘酸っぱい思い出がある。

彼の古代史への造詣の深さにあらためて驚かされている。雑誌編集をしていたおりに、それを知っていたなら、と口惜しい。この書で蒙を啓いてもらうことにする。そして、邪馬台国を求め九州訪問を共にと念じている。

その前に傘寿を期しての同期会を開いてほしい。

近藤大博

元中央公論編集長

まえがき

高三の夏、気の合った仲間と伊豆へドライブ旅行に出かけた。友人は免許取り立てで、伊豆スカイラインではひやひやする場面もあったが、何とか下田の先の海水浴場（弓ヶ浜）にたどり着いた。高校生の貧乏旅行で、その夜は浜辺で野宿。星空がきれいだった。時おり流れ星を見かけた。ずーっと軌道を描いて夜空を横切っていったのは人工衛星の軌跡か。

この広大な宇宙の中で、人間って何とちっぽけな存在なんだろう。やたら自分がむなしくなって、何か生きた爪あとを残したい。そして、一生を共にする人と巡り合えたらと思った。

ルポ

退職後もコレがあれば人生は楽しい

「趣味に生きる」宣言!

おカネの準備が万全でも老後を楽しくおくることはできない。
おカネと時間があっても、打ち込めるものがなければ長い人生はただ退屈なだけ――
趣味や生きがいも持つようにしておきたい。
ここでは趣味を極めて自分流の生き方をしている達人たちを紹介しよう。

40代

書きためた歴史紀行を自費出版 趣味に没頭できる退職後が待ち遠しい

東京都●香川 正さん・47歳

「勉強会の仲間で社長をしていた方がいるんですよ。その方に、あなたは若いうちから勉強できてうらやましいといわれました」

古代史の謎《なぞ》が垣間見えて、とても興奮しました

「夢をいえばね、50歳ぐらいで仕事を切り上げたいんですよ」

香川さんをここまで夢中にさせているのは、「古代史探求の旅」である。邪馬台国はどこにあったのだろうか、神武天皇はどういう経路で東征したのだろうか――古代史を研究し、その史跡を巡り歩き、史実に迫っていく。「残されている文献は当時の権力者のフィルターがかかっている。事実はどうだったか知りたいんです」。

昭和62年、香川さんはこうした歴史紀行を自費出版した。「失われた古代王朝の謎跡――九州の装飾古墳と石人石馬を訪ねて」と「神武東征は実在したか――記・紀の神話を検証する」の二つのテーマからなる『神話の原風景』というのがそれ。勤めの傍ら少しずつ書きためたものだ。

香川さんが、古代史に興味を持ったのは、大学3年の時。たまたま、『まぼろしの邪馬台国』の著者・宮崎康平氏の講演を聞きに行ったのがきっかけになった。以来、関連の本を読みあさるうちに、出会ったのが古田武彦著『邪馬台国はなかった』――。「この本はもう20回も読み返しているんですよ」。そういって見せてくれた本は、ページの端の部分が黒ずんでいる。

その古田氏を講師にした北九州古代史探訪の旅があると聞いて、香川さんは、早速、申し込んだ。その時のことを香川さんはこう語る。「ちょうど、飛行機に乗っていて、雲がパッーと晴れて下界が見えるときがあるでしょ。あんなふうに、古代史の謎が垣間見えてきたというんでしょうか。とても興奮しましてね」。

自分が若いころ旅した所をもう一度歩いてみたい

その旅から帰ると、それを書き留めておきたいと机の前に座るが、原稿用紙4、5枚しか書けない。香川さんは自分の力のなさを痛感した。本格的に勉強を始めたのはそれからだ。

ちょうど、百貨店の食料品売り場に勤務していたことも幸いした。食品の産地、工場の視察などの出張がある。その出張を利用して、史跡を巡った。長い休暇がそうそう取れないため、一つの経路を3泊4日の旅にわけて5、6回繰り返すという方法もとった。

また、こんなこともあった。「神武天皇の東征の経路をたどってみよう」と思い立ち、宮崎からフェリーに乗って瀬戸内海を通るコースを計画した。ところが、間違って四国沖を通るフェリーに乗ってしまったのだ。せっかく休暇を取ったのにと香川さんはとてもがっかりしたという。その話を聞きつけた宮崎の取引先の人が工場見学に来ないかと出張の機会をつくってくれたこともあったそうだ。

香川さんは今、自費出版した邪馬台国シリーズの続きに取りかかっている。勉強会にも所属し、7世紀を中心に研究中だ。

「退職したら、若いころ自分が旅した所をもう一度歩いて、順序だてて考えてみたいんですよ」と香川さんはいう。さらに、史実をもとに小説も書いてみたいと、その構想を楽しそうに語ってくれた。

ルポ記事　退職後もコレがあれば人生は楽しい　「趣味に生きる」宣言！　日経マネー／1993年6月5日臨時増刊号（日経BP）

*

新宿ダイナースサロンで古田武彦先生の「人間と歴史の諸相」という講座を受講した折、ご一緒した井村泰介さん——社長業をリタイヤして、やっと時間に余裕ができて歴史の勉強を始めたと仰っていた——から、『日経マネー』に掲載された「40代、私の夢——歴史紀行『神話の原風景』を辿る旅がしたい」というインタビュー記事を読んで、「あなたが羨ましい！ 私ももっと若いうちから、そんな趣味を持った生き方ができたらとつくづく思った」という感想を頂きました。それをきっかけに古代史ツアーや古墳巡りをご一緒したことが懐かしく思い出されます。

*

私は今年の一月に七十九歳の誕生日を迎えました。父は兄姉が七十七歳で亡くなっており、ここを乗り越えてからと喜寿の祝い事を控えていましたが、やはり七十七歳で亡くなってしまいました。一方、うちの家系にとっては鬼門ともいえる、この歳を乗り越えた私の長兄は九十歳まで長生きしました。おかげさまで私も二〇〇〇年（五十三歳の時）に冠動脈バイパス手術を受け、以来二十五年何とか元気で過ごしています。

今回幻冬舎ルネッサンス編集部の田中大晶さん、前著『神話の原風景――旅でたどる』を担当された横内静香さん、また執筆のきっかけとなったお手紙を頂いた小尾美咲さんのお蔭でこの本を纏めることができました。記して御礼申し上げます。なお、文中引用文献等敬称を略させていただきました。

二〇二五年一月十一日

著　者

目次

III　古代逍遥

I　片想いだらけの青春

プロローグ

結婚して五十年が経った。先日、音楽番組で山口百恵さんの「いい日旅立ち」が流れてくると、妻はそれに合わせて歌いだした。

――　あゝ日本のどこかに　私を待ってる人がいる　――

という歌詞を口ずさみながら青春時代を思い出していたようだ。

「君には（歌に出てくる）そういう人が現れたの？　それってオレか」

妻は東京に出てきてこのかた、何年も、いや何十年も郷里の桜を見ていないというので、今回里帰りに同行し熊本を訪れた。久しぶりというのと、この後いつ来られるか分からないからと、幼馴染や学生時代の友人と旧交を温めていた。若き日の交遊を思い出しては笑い転げたり、涙を流したり懐かしい時間を過ごした。鹿児島空港で再会した一番の親友とは彼女がボーイフレンドからもらったという恋文が話題になって、笑いながら楽しそうに語り合っていた。意中でない男性からの手紙はうっとうしいばかり。一読してそのままにしていたそうだ（女心って、そんなものなのかなぁ。男のロマン、敢えなく撃沈！）。

1　わが家に落雷

小学校入学前のことだから多分四、五歳か、昭和二十年代の半ば頃だろうか。わが家が営む公衆浴場に落雷があった。姉の話だと当時新聞にも載ったようだ。まだ幼くて記憶がおぼろげな頃だが、この時のことはハッキリと覚えている。来客があり奥の和室で皆で歓談していたら、突然稲光とともに雷鳴が轟いて煙突にカミナリが落ちた。当時、我が家には避雷針の設備がなかったため、室内のタンスの上に置いてあったラジオを通過して、その下で来客の相手をしていた母親の銀歯に伝わって、傍にいた私をかすめて地表に落ちた。そのせいか私はカミナリにうたれていかれたらしいと周りは見ていた。自分自身は雷のエネルギーが体内に籠ったように思っていたのだが。

池袋（東京・豊島区）の駅前は最近徐々に変わり始めてきたが、タカセ洋菓子店は今でも千客万来、昔のスタイルのままで賑わっている。母親と訪れたその上階にあるレストランで海老フライとクリームソーダをごちそうになるのが一番の楽しみだった。まだテレビも他の娯楽もない時代で、楽しみといえば風呂屋の資材置き場の脇の空き地に紙芝居屋がやってきて、黄金バットなどを演じていたのが懐かしく思い出される。

小学校の四年と五年の夏は、からだの弱かった母親に付き添って、湯治宿として評判の群馬の四万《しま》温泉で過ごした。ある夕、母親が風呂に行っていて留守の時に、遊び仲間で姉御肌の高校生があたりを窺いながら部屋に入ってきた。私一人でいることを確認すると、からかい半分だったのだろう、やおら浴衣の裾をはだけて太ももを見せつけてきた。そしてじわじわと捲《まく》し上げていくと若々しい太ももが露わになった。まだ純真さが残っていた私はその光景を凝視することができず、下を向いて耐えていた。自分にとっての「ウィタ・セクスアリス」に進むチャンスであったろうに、今となってはもったいないことをしたなと思っている。

湯元四萬館の前で

おもいで巡り

思い立って久し振りに四万温泉を訪れた。全国的に進められている温泉街再生プロジェクトが最近テレビでよく紹介されているが、四万温泉もエリア全体がリノベーションされ、「四万ブルーの地ビール」や洒落たカフェレストランがちらほら、昔の湯治場に若い観光客も訪れるようになった。今となっては珍しいスマートボールの店も健在だった。宿泊した「湯元四萬館」はリニューアルをしたものの、懐かしい当時の面影を残して営業を続けていた。

翌日は昔の仕事仲間松下幸雄さんの運転で、日本のポンペイ高崎のかみつけの里博物館と復元された八幡塚古墳に立ち寄ってもらった。私の新しい探索の旅「北関東の古墳時代」の第一歩となった。

コラム❶

雑司が谷界隈散策（一）——不思議な光景

かつて消滅可能性都市と話題になった豊島区だが、その中心池袋駅から地下鉄副都心線で一駅隣の雑司が谷駅は賑わうターミナル駅の「隣の駅」とは思えない風情のある街だ。早稲田と三ノ輪橋を結ぶ都電（東京さくらトラム）では、なぜか雑司ヶ谷駅よりも鬼子母神前駅の近くにある（この周辺は再開発が急ピッチで進んでいて、その謎は近い将来に判明するかも）。

雑司が谷というと、まず都営の雑司ケ谷霊園が思い浮かぶ。夏目漱石が眠る墓地で有名だ。古老の話によると、漱石の墓は搬入のとき墓石が重くて護国寺の坂を登るのに牽引《けんいん》の馬が悲鳴をあげたという。墓石には「文献院古道……」で始まる重々しい戒名が彫られているが、なぜか文人漱石らしくないというのが私の印象だった。一方、よく対比される森鷗外は〝陸軍軍医〟という厳《いか》めしい肩書の持ち主だが、「余ハ石見人森林太郎トシテ死セント欲ス」という遺言通り、その墓には「森林太郎墓」とあるだけで、ひっそりと眠っている。私にはどちらかといえば鷗外の墓の方が漱石の墓のイメージに合うのだが。

その漱石の墓の先には「近代演劇の父」と言われた島村抱月の墓碑があった。自然石に刻まれた格調高い文章は高校生のとき暗誦して、今でも諳《そら》んじて言える。

在るがままの現実に即して

全的存在の意義を髣髴す
観照の世界也
味ふ徹したる人生也
此の心境を藝術と云ふ　　抱月

ところが、ある日行ってみるとそっくりなくなってしまっていた。霊園の管理事務所に尋ねると、ご遺族の意向で「墓じまい」されたという。何とか残す術がなかったのだろうか。

また、変わったところでは、すり抜け（窃盗）の名人「鬼あざみの清吉」の墓がある。自首するまで運よく捕まらなかったことから、ご利益にあやかろうと墓石を削って持っていく人がいるとかで、かなり傷んでしまっている。説明の看板が設けられているが、さすが泥棒に東京都教育委員会名での解説はためらったのか、ここだけは辞世の句に添えて菩提寺の名が記されていた。

武蔵野にはびこる程の鬼薊
今日の暑さに枝葉しほるる

近年、「見上げてごらん夜の星を」の作曲家いずみたくさんのお墓が加わった。その脇の墓碑には作曲家らしく五線譜にタイトルが刻まれている。

霊園の一帯は昔「徳川将軍家の鷹狩りの場」で、御鷹部屋《おたかべや》の敷地だった。現在は「御鷹方《おたかがた》御組屋敷道《おくみやしきどう》」と霊園との境は樹木塀で間仕切られ、静かな住宅街となっている。

不思議なことに、その一角に四、五軒と離れていない間隔で床屋さんが二つもあった。今は二軒とも店を閉じてしまったが、この謎を知っている人ももういなくなってしまったみたいだ。かつてはこの先の「東通《あずま》り」に連なる商店街として賑わっていたそうだが、片側に墓地の塀ができるとともにだんだん廃れていき、今では墓地向けの石材店とお茶屋を残すだけとなった。そして「隣接する二軒の理髪店」の誕生となったらしい。(話題提供：吉村理髪店)

2　高校生活

高校に上がって一年生の時は前と隣に落第生が陣取り、環境的には最悪だった。ただ歌手の田代みどりのファンで、大手町のサンケイホールに彼女が出演した坂本九主演の和製ミュージカル『見上げてごらん夜の星を』を友人と見に行ったことが楽しい思い出となっている。

孤独な青春の相手は映画鑑賞とラジオ放送だった。池袋には「人生坐」という名画座があり、公衆浴場の脱衣場に貼り出す映画広告に付いてくるビラ下券で、ＯＫ牧場の決闘やシェーン、リオ・ブラボー等々映画を見まくっていた。その跡地には信用金庫の本店が陣取ってしまった。「文化の街」を標榜するならば是非復興してほしいものだ。

池袋駅東口近くの映画館は今でも一つ一つ記憶している。端からテアトル池袋（東宝映画）・その地下にテアトルダイヤ、向かいに洋画上映の池袋劇場・地下に池袋東宝、少し行くと三階建ての映画館をいつも満員にした時代劇全盛の池袋東映、その向かいは勝新の座頭市や市川雷蔵の眠狂四郎が人気の池袋大映。明治通りに面しては池袋東急・日勝館・日勝地下・日勝文化、裏に回って人生坐の姉妹館で小説家の三角寛《みすみかん》が経営した文芸坐（現新文芸坐）・文芸地下など。石原裕次郎と吉永小百合の日活はどこで上映していたか。西口はテリトリー外であまり出かけなかった。

当時のことで一つ印象深く残っているのは、上映館（テアトル池袋）に掲出された有吉佐和子原作『恍惚の人』の宣伝看板だった。〝恍惚〟というのはまだ馴染みのない言葉だった。近年こそ「認知症」が一般に使われるようになったが、ぼけ老人と揶揄された時代に、このテーマを取り上げた作家の先見性を見た。

大変のびやかな時代で、受験勉強のかたわら心の安らぎを得たのは、ラジオから流れる洋楽と「今日の話は昨日の続き、今日の続きはまた明日」という軽快なテンポで始まる前武（前田武彦）さんたちの番組や、カメ（亀渕昭信）さんのパーソナリティで人気のオールナイトニッポンといった放送だった。谷間に三つの鐘が鳴る、ナット・キング・コール、パット・ブーンの音楽に癒やされる日々だった。

通学路は都電の32番線（今は荒川線と名称が変わり、終点が三ノ輪橋まで延伸）の日ノ出町（現在の東池袋四丁目）から早稲田へ出るまでのルートだったが、時間に余裕のある時は歩いて雑司ケ谷霊園の「いちょう通り」を通り抜けて日本女子大の脇の豊坂を下って早稲田まで歩いていった。かぐや姫の「神田川」の舞台である。

高校二年になって進路分けが行われ、一学期の中間テストでクラス一番になって浮かれて油断してしまったのが祟って、大学受験に失敗、目の前の大学に進むのに一年余計にかかってしまった。

高二の夏を過ぎた頃の悲しい思い出が一つ。

あるとき寝坊して、今日は始業時間に間に合わないとあきらめて停留所で電車を待っていたら、一級上の近所の女子高生Uさんに出会った。わが家から都電の駅までの途中に彼女の家があった。それからは時々学校には遅れても、朝彼女の顔を見るのが自分の元気付けになっていた。来年になると彼女は卒業してしまって、もう会えなくなるのかなと思うと急に寂しい気持ちになり、ある朝彼女を見つけるなりデートを申し込もうと思い切って声をかけてみた。「あの～」ところが次の言葉が出てこない。彼女は一瞬立ち止まってはくれたが、首をかしげて「はぁ」とけげんな表情をして時計に目をやり、「時間がないのでごめんなさい」と言葉を残して去っていった。そばかすのある色白のきれいな人だった。それが淡い初めての片想いだった。

何年かあとのある雨の日、仕事帰りに停留所でばったり彼女に出くわした。彼女は傘を持っていなかったので、歩み寄って呼びかけた。「よかったら入っていきませんか。帰り道が一緒なので」そこまで言って「ふぅ」とため息をついた。

あの時は失敗したけど、今度はちゃんと話せたぞ。それだけのことだったが、なぜか心は満たされていた。

コラム❷

雑司が谷界隈散策（二）――キシモジンかキシボジンか

都電（東京さくらトラム）の駅が「鬼子母《ぼ》神前」で、お参りする所が法明寺の「鬼子母《も》神堂」。地元では鬼のつのの（ノが）ない字を使っている。安産・子育ての神様でお宮参りには遠方からもやってくる由緒ある御堂だ。節分や季節ごとの行事、それと御会式《おえしき》（十月の万燈行列）の時には盛り上がるが、普段は閑静な落ち着いた雰囲気の街である。

参道入り口にはユニークなカフェでもある蕎麦屋〝茗荷茶屋〟がある。以前本屋さんがあったところを買い取ってリフォームしたそうだ。近所の音大生や高齢者など老若男女が集うたまり場だ。店のオーナーが多趣味な方で、建築科の出身だから簡単な大工仕事は自分で仕上げてしまう。この先の和敬塾（男子大学生寮）には村上春樹が学生時代に住んでいたこともあり、この店の二階には彼の愛読者が喜びそうな著書が並んでいる。

さらに参道を進むと「學問所雑司寮明哲院」なる古めかしい看板が目に留まる。その実態は正体不明だが、たまにバザーや読書会が開かれているみたいだ。何かここは異空間を感じる不思議な街である。

また、都電の線路を挟んだ反対側をしばらく進むと、旧高田小学校の跡地にできた雑司が谷公園がある。そこから一昔前の巣鴨プリズン（古い地図を開くと巣鴨監獄という厳《いか》めしい表記があり、その後東京拘置所に名称と機能が変更）から変身を遂げたサンシャイン

60方向を見ると、まさに隔世の感。タワーマンションが何棟か建って、私の生まれ育った日ノ出町という街の大変容を感じる。

サンシャイン60に隣接して噴水のある公園がある。そこに目だたないように巣鴨プリズンで命を絶った方々を偲んで『永久平和を願って』と刻まれた慰霊碑が立っている。

この公園はいま流行りのコスプレ衣裳を競い合う若者のメッカとなっている。ここに眠る人たちはどのような思いでこの賑わいを見守っていることだろうか。

3　大学時代

盛年重ねて来たらず
一日再び晨《あした》なり難し
時に及んで當に勉励すべし
歳月は人を待たず　（陶淵明　勧学）
――父の座右の銘

大学に入学することが目標だった自分にとって、サークル活動やら早慶戦だと浮かれているうちにあっという間に一年が経ってしまった。その年の冬に学園紛争があって期末の試験が吹っ飛んだ。その代わりというか、教授から「君たちにまともな就職口はないと思い、真剣に司法試験を目指して勉強するように」と訓示を聞かされた記憶が残っている。

テレビが黄金期に向かって突き進み、多方面にわたって視聴者を引き付けていた。大橋巨泉司会の11（イレブン）PM（日本テレビ系列）は多彩な話題を振りまいていた。その中に個性的な宗教学者であり、早大名物教授の仁《に》戸田六三郎《えだろくさぶろう》先生のコーナーがあり、巨泉さんの差し金だろうか高級ウイスキーをたしなむ場面があった。この先生は大学ではどんな講義をするんだろうと関心をもって文学部の教室に潜り込んだこともある。西洋哲学者に関する講義が脱線して恋愛談になって、前後は忘れたが「心得として、押してもダメなら引いてみな」というところだけ印象に残った。

また、吉川英治文学賞を受賞したOBの記念講演では、当時話題になった

『まぼろしの邪馬台国』の著者宮崎康平さんが奥さん同伴で登壇された。森繁久彌さんと同級とか、興味尽きない話で大いに盛り上がった。

私の古代史への入り口は、杉山晴康教授の「日本法制史」の講義だった。恬淡《てんたん》な先生で、決めゼリフは「（将棋の）大山は康晴、杉山は晴康。間違わないように」が口ぐせだった。講義の中でたまたま宮崎康平さんの本を紹介されて、「その著作（『まぼろしの邪馬台国』）の結論はおいといて、男のロマンを感じる」と言われて、その本を手に取って読み始めた次第である。

また、忘れてはならないのは法律書に馴染めず、このままでは「中退」になりかねなかった自分を救ってくれたのが、松陵齊藤金作先生だった。

戦前から終戦後も引き続き教鞭をとられ、毀誉褒貶入り交じる先生ではあったが、私にとっては「救いの神」。お蔭で何とか卒業できた。

教育については人それぞれに感じ方がある。講義の中にたびたび笑いを誘い、また時に反発する声を聞いた。ペスタロッチの教育論を持ち出すまでもないが、「この世に教育があるとすれば、それは自己教育をおいて他にない。あるいは、そのことを気付かせるあれこれの方法があるにすぎない」という。その手法は、その人に心酔して、その教えに付いていくか。またはこの人の話を聞いても参考にならないと自分なりに探究の道を求めるか。恥ずかしながら、私はこの授業で初めて教科書を完読した。「君たちは面白い小説は最後まで読みきるだろうが、高校の教科書

『松陵随筆』齊藤金作
（昭和四十三年三月二十日　成文堂）

は授業の進んだところまでで、多くの学生は残りのページは綺麗なままではないですか？」そう言って齊藤先生は、自立心・自主性を我々に促してくれたようだ。

相変わらず教科書にまともに向き合う気持ちになれず、せめて法学部の学生らしくと裁判所の傍聴に出かけた。そこで思いがけない事件に出会った。当時、世間を騒がせていた「黒い雪裁判」と「黒い霧事件」である。「黒い雪裁判」では武智鉄二監督や映画配給スタッフが被告人となり、作中のシーンが〝芸術か猥褻か〟が争われ、弁護側証人として三島由紀夫が出廷した。その時初めて「平岡公威《キミトシ》」という彼の本名を知った。また、「黒い霧事件」は日通事件に絡んで吹原弘宣被告が審理の対象となり、こちらには児玉誉士夫が証人喚問に登場した。傍聴席には威圧感あるボディガードが数人控えていた。

一方で私にとっては図書館が校内の息抜きの場所となっていた。ある日いつものように図書カードをめくって借りる本を探していて、ふと目を上げると真向かいにスクリーンでしかお目にかかったことのない吉永小百合さんがいるではないか。まともに顔を見つめるわけにもいかず、さりとて挨拶する勇気もなく、チラッと見ては心の動揺を抑えていた。

そんなことがあってから何日か経って、当てもなく図書館で時間を過ごしていたら、バンカラが多い当時の早稲田には珍しい、清楚な女子学生がテキストと辞書を携えて前に座った。小さなきっかけを作って、今度は勇気を出して声をかけてみたら、先方も時間を持て余していたのか話し相手をしてくれた。その後、図書館を待ち合わせ場所に、私がＩＫさん（二年上の大学院生）の案内役を務めて、まだ整備される前の甘泉園《かんせんえん》や新江戸川公園（現在の細川庭園）と永青文庫、関口芭蕉庵、丹下健三の設計で話題になった聖カテドラル聖マリア大聖堂と「ルルドの洞窟」。もう案内する所がなくなって裁判所の傍聴まで引っ張り出した。が、そんな時間も長続きしなかった。

自分にとっては、図書館のトイレにこう落首《らくしゅ》するのが精いっぱいだった。

あゝ　時の流れよ
願わくば　いま暫し　その歩みを　留めておくれ
あの人が遠くに行ってしまわないように

三年生になると、司法試験を目標にする学生は別として、みんなそわそわと就職に向けた準備に入る。フォークソングの「『いちご白書』をもう一度」（作詞・作曲、荒井由美）よろしく、昨日までヘルメットをかぶってタオルを巻いてデモに参加していたI君が久しぶりに教室に顔を出した。詰襟の学生服を着て角帽を脇に抱え、これから面接だという。変わり身の早さに感心というか、複雑な気持ちになった。翻って自分はといえば、結局親のつてで一般の会社に就職することになった。

コラム③

小岩井農場での実習

さすがに三年生になると専門課程も増えて、少し真剣に取り組まなければ追いつけない。

民法の戒能通孝《かいのうみちたか》教授の講義で当時入会権《いりあいけん》に関して裁判等で話題になっていた「小繋《こつなぎ》事件」のことを知って、「日本の牧畜業の将来に関心をもって」という理由を付けて、専門外ながら（自分なりの就職活動の一環として）小岩井乳業の本社を訪問し、何とか農場実習に参加することができた。配慮して便宜を図ってくれた面接官には感謝している。たまたま同室になった数馬國治君とは数日間に満たない出会いであったが、先に実習を終えた彼から雨合羽を借りた縁で手紙のやり取りをした。福井高専の一期生ということもあり心構えが私とは違って、こちらが恥ずかしくなるくらい輝いていた。彼からもらった手紙は大事に取ってある。

おもいで巡り

何年か経った早春の一日、道路にはまだ雪が残っていて、木々が芽吹き始めた時期に、ふと思い立って小岩井農場を再訪した。印象深かったのは、事務所には薪のストーブが暖を提供していて、そこで管理人の方の話を伺ったことだ。その方はもともとは九州の人で、炭鉱が閉鎖になってグループ会社の斡旋で、配置換えの形をとってこちらに見えられたと、薪をくべながらしみじみと話されていた。企業の盛衰が人の一生をも差配する実例を感じた。

4　初めてのお見合い

職場の組合活動で指導を受けていたTさんから、紹介したい人がいるから一度会ってみないかと誘われて、銀座の三愛ビルで、鹿児島出身の歌手のレコード発売を記念して開かれたパーティーでその人と会うことになった。

私は真面目だけが取り柄で、平凡で話題もなく、退屈な人間である。そんな私とでも、彼女は紹介者の手前何回か会ってくれた。本当のところ彼女は断りを入れるつもりになっていたようだ。〝朴訥《ぼくとつ》〟と言えば聞こえがいいが、単なる世間知らず。女性との付き合いも経験がない。あとで聞いた話だが他の男性からもプロポーズをされていたが、彼らは接し方がスマートで、逆にそれがいま一つ踏ん切りがつかなかった要因という。私とのことは、相手を気遣ってか直接に返答するにはためらいがあって、紹介者を通じて断ろうと心に決めていたようである。

その辺の事情は露知らず、一方的に押しまくったのが功を奏したのだろうか。新宿の喫茶店で落ち合って、話の成り行きで結婚を前提にお付き合い願いたいと申し入れた。彼女は返答に困って黙り込んでしまった。

長い沈黙が続いて、周りの目も気になりだしてきた。私は埒が明かないと思って、伝票を手にして会計を済ませ店を出た。それから小雨けぶる新宿中央公園に場所を移して、彼女の返事を待つことになった。その時自分の心情を綴った手紙を手渡そうと持っていたのだが、成り行き上その機会を失してしまった。この手紙は「出さなかったラブレター」と名付けて、大切な思い出として今も手元においてあるが、読み返してみると汗顔《かんがん》の至り。青くさい文章で、おそらくこれを手渡していたら彼女からＯＫの返事をもらえなかっただろう。

どのくらいの時間が経っただろうか。向かい合って彼女の肩に両手をかけて、彼女が振りほどこうとすると力を入れて繋ぎ止めた（一瞬「押してもダメなら、引いてみな」というあの時の仁戸田教授のセリフが甦った）。弱いながら雨は降り続いていた。

やがて観念したように、彼女が告げた。最後に発した一言は「負けたわ」だった。

エピローグ

昭和四十六年（一九七一年）アメリカの占領下にあった沖縄を日本返還前に訪れてみたいという気持ちに駆られて渡航した。当時は同じ日本なのにパスポートに代わる「身分証明書」が必要だった。

いつだったか何かの雑誌で「女神降臨の地」と耳にしていた本島南部の百《ひゃく》名《な》ビーチを訪れた。今まで経験したことのない海の青さに驚き、ボートを漕ぎだしてサンゴに囲まれた遠浅の海をしばらく行くと、岩礁に行き当たる。ボートを降りてみると深さは膝上ほどしかない。

そこに鮮やかなブルーの小さな熱帯魚が群れをなして回遊していた。なに、ここは。一人で来るところじゃないよ。今度来るときは……と思った。

会ってからまだ四か月しか経っていなかった。彼女の気が変わらないうちにと急いで結婚式を挙げた。

＊

新婚旅行は念願の沖縄、星砂が話題になっていた竹富島《たけとみじま》に決めた。民宿旅館小浜荘では夕食のあと三線《さんせん》演奏の歓待を受けた。

翌日、民俗資料館（喜宝院蒐集館）で結婚式のお色直し風に沖縄の正装「琉装」に着替えて記念撮影をした。同宿の学生さんがその様子をスケッチしてプレゼントしてくれた。大切な思い出としてアルバムに加えさせてもらった。

II　西武百貨店での思い出

「浮沈戦艦」と誰もが思っていた池袋西武が売場を半減、看板を付け替える時を迎えた。手始めに慣れ親しんだ「西武パーキング」が「ヨドバシパーキング」に名称変更され、贅肉をそぎ落とした駐車場ビルに変わった。

昭和四十年代――当時流通業界は群雄割拠。日々鎬《しのぎ》を削っていた。中でもSEIBUは新興勢力で、老舗デパートにはない活気にあふれていた。そんな中に途中入社でポツンと放り込まれて右往左往していた私にとって、転機は食品フロアへの異動であった。管理部門から営業部門への配置転換は「未知への挑戦」。戸惑いもあったが、商品知識や業界慣習など経験豊富な人たちに交じっての自分の武器は、ただ一点「お客様目線で自分の売り場を見れば、同じ土俵で戦えるのでは」という「素人の目」に徹することだった。

健康食品売り場に持ち場が変わって、さっそくその業界での重点取引先であるM健康食品の本社を訪問して業界事情についてレクチャーを受けた。

しばらくして食品事務所から呼び出しがあった。健康食品についてはまだ漠然としたイメージしか持っていなかったため、部長から「減塩が健康に良いって、例えば減塩の味噌は一般の味噌に比べてどのくらい、何パーセント減塩されているのか？」という質問に対して、しどろもどろで即座に答えられなかった。

それから売り場に戻ると扱い商品について自分の知識のなさを恥じて、一品一品商品の説明書きを写し取った。売り場の陳列は取引業者任せで商品区分もまちまち。どこから手を付けたらと思案しつつ、比較的小さな職場だったのが逆に幸いして約四〇〇～五〇〇種類の商品のプライスカードをスタッフの協力を得て、一枚一枚簡単な商品説明を加えて手作りで仕上げていった。その間に健康食品と一口に言ってもジャンル分け（大分類）ができるのではと試行錯誤しながら、栄養補助食品は温かい雰囲気をもったイメージでオレ

土曜レポート

"ソフト"で勝負 健康食品

診断・助言加え、おすすめ品

"飽食時代"迷える消費者映す

消費者保護へ 薬並みの指導

値段張るのが 買う側の悩み

「土曜レポート／ソフトで勝負　健康食品」
1982／10／16　日本経済新聞夕刊１面

ンジ色に、ハチミツに代表される自然食品は黄緑に、ダイエット食品はやはりピンクがいいか。スポーツフードは空色にと区分し、取引先別の陳列から機能別の健康食品でくくってみたら、これが意外と好評で、見やすさも手伝って売り上げは徐々に上向いて行った。店のイベントで売り場演出コンクールがあり、表示の部門で表彰された。やがて当時各デパート横並びの食品フロアから一線を画した「西武食品館」と銘打ってオープンを迎えた中で、話題性のある売り場として日本経済新聞（昭和57年10月16日の夕刊）に取り上げられた。

後日、ダイエーがオープンしたプランタン銀座の食品売り場へ市価調査に行ったら、ほぼ同じコンセプトで健康食品売り場作りが行われていた。

おもいで語り（1）――追悼：野口正彦君を送る

彼は渋谷西武から、私は池袋店の総務部から同じ時期に食品部に係長として配属されました。部長は同じ早大ＯＢの菅原さんで、野口君とは同年配・（学部は違ったが）同窓というよしみで懇意にしてもらいました。当時の同僚の大熊さん、嶋田さんを囲んで麻雀に明け暮れていました。

野口君の麻雀の腕前はプロ並みで「渋谷店一三〇連勝」とか「負け知らず」といった風評が伝わり、どんな名手かと思っていましたが、その手口は（麻雀全盛期の、あの早大で牌を握ったことのない）奥手で自分の手作りで精いっぱいの私と違って、雑談の中に周りに目配りして誰よりも先にささっと上がってしまう心憎い相手でした。どんなにか貢がされたことでしょう。たまにゴルフにも誘われ楽しい日々はあっという間に過ぎ去っていきました。

彼は「豪放磊落」を装ってはいましたが、その実細やかに相手を気遣うような性格の持ち主だったと思われます。お互いの家を訪ねたり、仕事で終電が過ぎてわが家に泊まってもらったこともありました。やがて職場が変わって、その後は年賀状でのやり取りが続きました。四十歳になって私が食品を離れるにあたって、その十年の間にお取引先にお世話になりながら仕事のかたわら書き溜めた歴史紀行を『神話の原風景』というタイトルで自費出版しました。その時に彼からお祝いのワインとともに一文が添えられていたことを思い出します。

貴著楽しく拝読しました。ただ、一点助詞の使い方が間違っていましたよ。あなたは「仕事のかたわら」と書いていますが、私に言わせると「仕事がかたわら」だったのでは云々。

そんな厳しい指摘をされました（言い訳がましく抗弁すると、西武食品館のリニューアルでは私が担当した健康食品が売り場づくりで一番いい仕事をしたという自負があります）。

その後、厄介な病気を抱えて大変な苦痛・苦労をされた様子を伺いました。ある日、池袋の山手線のホームでばったり出会って、再会を約したのが最期になってしまいましたね。以前末期のがん患者を見舞った時、その変容振りに大変ショックを受けましたが、連絡を差し控えていたのは彼なりの気配りだったのかと思っています。

よっぽど性格が悪いのかコロナも癌も寄り付かない私ですが、そちらへ行った時は道案内をよろしく頼みます。

おもいで語り（2）――不思議な縁《えにし》

急遽売り場が変わって、しばらく古代史とは縁が切れそうだと思っていたところ、なんと今度は納品先の松方社長さんから「塩尻の工場見学に行きませんか」と勧められて訪問することになった。それは当時古田先生が縄文都市阿久《あきゅう》遺跡（長野県諏訪郡原村）について触れられていたので、関心を持っていたからだと思う。

行きの車中、熱心に長野県の松本深志高校で教鞭をとられていた古田先生の話をして先方に到着すると、そこで出迎えてくださったワイン・果汁製造の（株）アルプスの矢ヶ崎啓一郎社長は何と先生の教え子の一人でした。話がはずんで地元の教育委員として担当された史跡の平出遺跡（塩尻市）や尖《とがり》石《いし》縄文考古館（茅野市）を案内していただいたことが楽しい思い出となっている。

また、古田先生が講師として参加した「北九州古代史の旅」で――まだ世界遺産に登録前の沖ノ島参拝、あいにくと天候が悪く実現しなかったが――松本深志出身の奥原教永さんと同室になった。それがご縁で永らく文通でのお付き合いをさせていただいた。

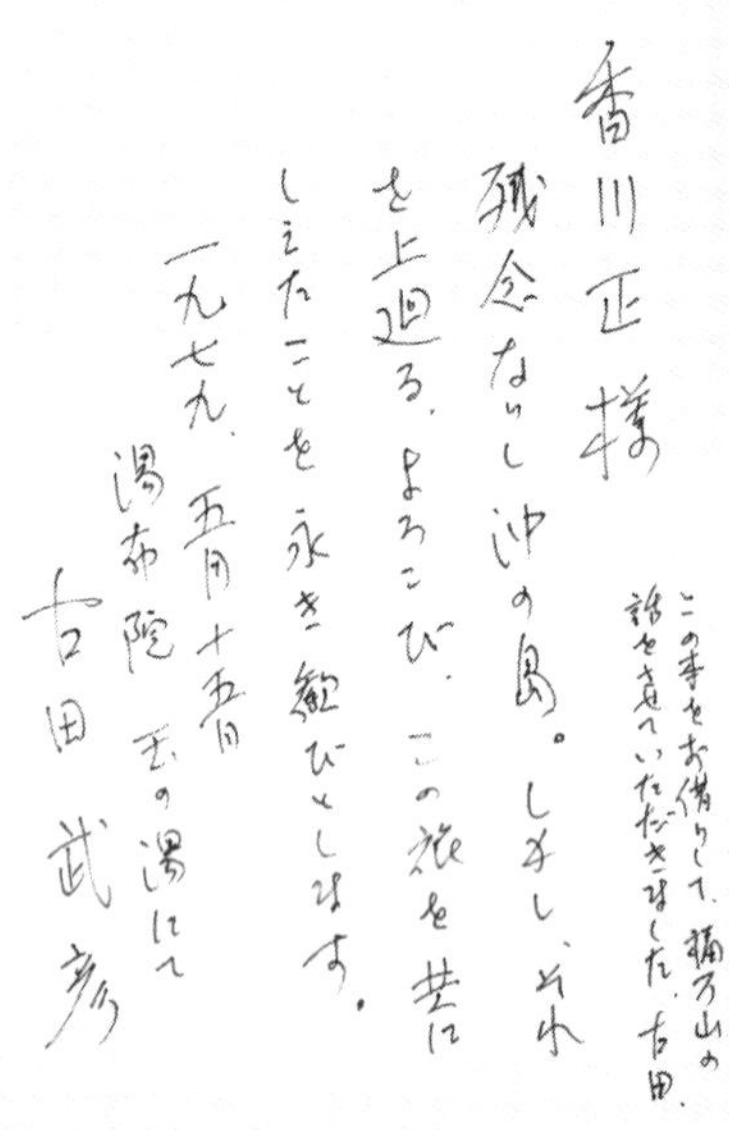
香川正様
残念なりし沖の島。しかし、それ
を上廻る、よろこび。この旅を共に
しえたことを永き縁びとします。
一九七九、五月十五日
湯布院 玉の湯にて
古田武彦
この本をお借りして、播乃山の
話を直していただきました。古田。

ある時懇意の歯医者さんから「学生時代、サークルの仲間が山の事故に遭って、上高地の西糸屋さんに連絡をとったが、その時対応してくれた救助隊の方が確か「キョウちゃん」と呼ばれていた記憶がある」という話を伺った。それがどうやら奥原教永さんのことではないかと思って、後日ご本人に確認するとはっきりと覚えていらっしゃった。仕事は息子さんに引き継いで一安心されたのだろうか、多くの山の仲間に見送られて、一昨年九十二歳で天寿を全うされた。

（東京古田会ニュース　214号／2024）

III　古代逍遥

1　歴史学者のほっかむり

あをによし　寧楽《なら》の都は　咲く花の
薫ふがごとく　いま盛りなり

土屋文明の『万葉名歌』（アートデイズ刊）にも取り上げられた小野老《おののおゆ》の作になるこの歌を、私は高校生の時には「華やかな天平文化を称揚する、平城京賛美の格調高い朗詠」と理解していた。

ところが、後年古代史の勉強会で古田先生から、この歌が詠まれたのは当の都の真ん中の平城京ではなく、万葉の歌人が集う太宰府においてであったと聞かされた。「遠《とお》の朝廷《みかど》」とかつて栄華を誇った古代日本の王都がいまは西の要とはいえ一地方官庁所在地である。それに引き換え奈良の都は……。奈良称賛の「おべんちゃら」の歌とは違う「哀愁」漂う深みのある名歌であると認識を新たにした。太宰府は輝かしい古代王朝の都であった。その場所に立っていにしえを偲んで歌ったのがこの作品という。

『にっぽん！歴史鑑定―「古代ミステリー　遣隋使と遣唐使」』（BS－TBS）でゲストの歴史学者は遣隋使について『日本書紀（推古紀）』に小野妹子が訪れた国は「大唐」とあるが、注記にある通りこれは「隋」のことと解説している。

この手法は「神功皇后紀」に『魏志倭人伝』をはめ込んで、倭国の女王（卑弥呼）＝神功皇后とし、その両者間に中国との交流があったかのように印象付けたのと同じ手口で、中国文献に合わせるという『日本書紀』編纂者による史料操作があったのではと推察されるが、その疑問を積み残したまま推古朝における「遣隋使の派遣」を歴史事実として肯定し続けている多くの歴史学者の存在がある。

（東京古田会ニュース　199号／2021）

コラム❹

雑司が谷界隈散策（三）――水面下に眠る古代史の謎

夏目漱石が眠る雑司ケ谷霊園の近くに「庵原《いおはら》」という名字のお宅があり、以前から通学の途次気に掛かっていた。最近はウォーキングのコースになっていて時おり通る。たまに電子ピアノの優しい調べが流れていることもあるが、滅多に家人に会うことはない。ところが先日珍しく玄関先で作業をされているところに出くわした。唐突だったが何か衝動に駆られるように尋ねてみた。「あの、こちらは『日本書紀（天智紀）』に登場する庵原君臣《いおはらのきみおみ》と関係があるのでしょうか？」すると、作業の手を休めて振り返った婦人から「そのように聞いていています」という答えが返ってきた。

『日本書紀』には白村江《はくすきのえ》の戦い（六六三年）に強力な水軍を率いた勇将庵原君臣が登場する。全体としては敗北で終わる戦役だが、庵原君臣はどうなったのか、その実態は判然としない。いささかの期待をもってお手紙を差し上げたところ、奥様から返信があった。その中で先年ご主人を亡くされたこと、祖先に関心があったご主人が奈良在住の親戚と連れ立って調査旅行に行ったことなど認《したた》めてあった。ただ残念ながら当時の記録は現在何も残っていないそうだ。

庵原君臣に出兵を命じたのは、果たして誰だったのか。実際に庵原君臣は水軍を率いて白村江に向かったのだろうか。エビデンスを持たない推論は差し控えるべきだが、文献からはたどれない今、何か手掛かりはないのだろうか。

2 天体望遠鏡と虫めがね

もう二十年以上前になる。ランブリングローズのように、様々に彷徨した私の最後の勤務先は留学支援に関わる仕事で、何もかもが新鮮だった。海外出張の機会も増え、遣り甲斐に満ちていた。そんな中、日本留学を希望する学生募集と面接のために中国の西安を訪れた。かつて栄華を誇った「唐の都」長安である。秦の始皇帝の兵馬俑で有名だが、何をとってもスケールが違う。

中国では特に日本の美術系大学への留学熱が高く、事前の日本語学習のため日本語学校で学ぶ。七世紀「遣唐使を送った国」に、いま中国からの留学生を迎える――感慨深い思いがした。

吉川弘文館の『歴史手帳』の年（代）表に「日本」が登場するのは、五世紀に入った「倭の五王」からだ。未だに「讃・珍・済・興・武」はどの天皇か「嵌らないパズルのピース」を抱えて思案している姿は滑稽そのものといえよう。続いて推古天皇の登場となり、「聖徳太子」が大活躍するが、近年はそれも疑わしいと言われている。そのテーマの一つが遣隋使の派遣だ。

いつだったかの日経の「私の履歴書」に、人物が進路（専攻）を決める段になって、以前から関心を抱いていた天文学の道に進もうと考えていたが、そこは超エリート、エリート中のエリートが凌ぎを削る世界と悟って進路を変更したという話があった。

天文学者の谷川清隆さん（元国立天文台助教授）が専門を広げ、歴史天文学や日本古代史の分野に参戦された。「遣隋使と遣唐使」のテーマについても、どういう切り口で料理されるか大変楽しみだ。

一方、古田武彦という「虫めがね探偵」はその驚異的な「嫌らしいほど粘っこい」探究心から、多くの研究者が「さらっと見落として」通り過ぎてしまうところで、立ち止まって考え込む。その白眉が、「(日本書紀にいう)遣隋使はなかった」を論証した過程だろう。『日本書紀』は剽窃の記録と言う。引用書名を明記してあるものもあれば、都合が悪い場合はこっそり嵌め込んで済ましてしまうのだそうだ。それも時間や場所などお構いなしに。それを見破るのは容易《たやす》いことではない。矛盾点を見つけて、そこを突破口に攻め立てる緻密な戦略が必要だ。

岩波文庫版『日本書紀』は当代一流の歴史学者や国語学者が集まって校訂にあたっているが、推古紀十五年の小野妹子の遣使の記事に「大唐」とある。それも「事実は隋」と説明もなく簡明に記されているだけだ。また、翌大業四年『隋書・俀国伝』に煬帝が命じて「文林郎《ぶんりんろう》」裴（世）清を俀国に遣わした記事が載っている。ところが『日本書紀』では、使者の肩書は「鴻臚寺の掌客」裴世清となっている。隋から唐へと国体が変わった時、行政組織や官僚機構は一部そのままに引き継がれているようだ。裴世清もその例で、今でいう「余人をもって代え難き」人材だったのだろう。

また、古田先生が注目されたのは、皇帝の言葉「朕、宝命を欽承し区宇に臨仰す」というフレーズである。これは初代皇帝の言とすれば理にかなっているが、第二代の煬帝が使う用例ではないと指摘された。さらに『日本書紀』には一か所「隋」という表現が出てくる。

（推古天皇）二十六年の秋八月《はつき》の癸酉《みづのとり》の朔《ついたちのひ》に、高麗《こま》、使《つかひ》を遣《まだ》して方物《くにつもの》を貢《たてまつ》る。因《よ》りて言《まお》さく、「隋《ずゐ》の煬帝《やうだい》、三十《みそ》万《よろづ》の衆《いくさ》を興《おこ》し

て我《おのれ》を攻《せ》む。返《かえ》りて我《わ》が為《ため》に破《やぶ》られぬ」

したがって、この時実際に遣隋使が派遣されていれば、「隋」を「唐（大唐）」に置き換えることはないと結論付けられた。私は解説を聞きながら、今まで経験したことのない「学問の真髄」の一端に触れた思いがした。

《書評Ⅰ》小林敏男『邪馬台国再考』（ちくま新書）

国際条約に守られているかのように、「象牙の塔」に籠もっていては研究の進展は望めそうにないのか――。私の学生時代、芸術系を除いて学問体系は自然科学・社会科学・人文科学の三分野に大別されていたが、その中で人文科学は果たして科学たりえたのであろうか？　エビデンスが厳格に求められていたわけでもなく、小説まがいの主観主義がまかり通っていた。

かねがね古田史学の登場（『邪馬壹国』『邪馬台国はなかった』その後の九州王朝論の展開）によって、邪馬台国論争は二十世紀の遺物と化したと繰り返し主張してきたが、近年また密やかに邪馬台国ブームが再燃しているようだ。この著作においても刺激的な見出しが目につく。いわく、

・二つのヤマト国論（北九州の女王国と畿内大和の邪馬台国）

・「魏志倭人伝」の投馬国（出雲）、邪馬台国（畿内大和）は傍国

先祖返りのごとく過去の研究成果が持ち出され、甲論（畿内ヤマト説）と乙駁（九州説）が繰り返されるが、いずれも決定打を欠いて議論が拮抗したあげく、両者を止揚するかのような折衷説が「二つのヤマト国論」として登場する。しかもそれが堂々と「文献史学者」を名乗る人物から公表される。

こうなるともう魑魅魍魎《ちみもうりょう》の世界だ。しかし史料を忠実に読む限り、もはや邪馬台国畿内説は成り立たない。ましてや、「二つのヤマト国論」などなおさら。『古事記』『日本書紀』に依拠した近畿天皇家一元主義史観に立っている限り、謎の解明は期待できないと思われる。文献史学から古代を解明しようとする立場からは、つぎの考古学者の言葉を噛みしめてみる必要があるだろう。

「考古学的事実は、魏志倭人伝の記述の正確を　ますます明らかにしている」

『魏志倭人伝の考古学』（歴博ブックレット①）に寄せて

九八・九・九　　佐原　真

＊

この言葉は、日付をみると、ご本人が関わった吉野ヶ里遺跡の発表後にコメントされている。文章慣れしている人にとっては、一読して何かぎこちなく感じられたようだ。確かにそういう印象を私も受けた。しかし、何度も何度も各所で引用して、復唱してみると深みのある響きのある文章に思えてきた。

なお、『魏志倭人伝の考古学』において、佐原さんは次のように記している。

「考古学が新しい事実を明らかにしていくほど、魏志倭人伝の記載の正しさを実証していっている」

考古学者の言として重く受け止めるべきだ。

《書評Ⅱ》 渡邉義浩『魏志倭人伝の謎を解く』（中公新書）

邪馬台国論争は二十世紀の遺物と化した。つねづねそう思っていたところ、中国史とりわけ三国志の研究者が『魏志倭人伝』に取り組んだ著作が発表された。果たしてどんな展開になるかと楽しみに読み始めたが、その期待は少し裏切られたようだ。

その著作の「九州説とその弱点」という項目の中で、東京大学における東洋史学の開祖白鳥庫吉《しらとりくらきち》の九州説が紹介されている。白鳥はその著『倭女王卑弥呼考』の中で、魏志倭人伝の里程に着目して次のように述べている。「独り帯方より邪馬台国に至る道程に限り、古今に比類なき短里を以て計上し、一萬二千余里といふ大数を表出したるは、大に怪まざるを得ず」と疑念を呈している。しかしその文中どこにも「一里を約七十五～九十メートルとする短里を倭人伝が用いていると、主張した」と渡邉が引用した文面（第一章倭人伝と邪馬台国論争・一四頁）は見当たらなかった。これは古代史に関心を持つ読者ならば周知の事実であり、この著作の中にも取り上げられている古田武彦が史学雑誌に発表した論文『邪馬壹国』（その後『邪馬台国はなかった』）で主唱した魏西晋朝短里説そのものである。ご本人の不注意でなければ不見識のそしりを免れない。

また、『魏志倭人伝』の里程記事の注釈で、

東南至奴國百里　　**東南にすすんで奴国に至るまで百里**

東行至不彌國百里　　**東にすすんで不弥国に至るまで百里**

と説明を加えているが、この両文をこのように解釈していいものであろうか？　大学で歴史学を専攻した中国人の知人に確認したが、両文章はそれぞれ意味を異にしているという回答を得た。ここが一萬二千余里を解明するポ

イントの一つである。ここでも中国史の専門家として議論を安易に進めてしまったようで残念である。

この著作の主題の一つとして、魏の対孫呉への牽制として倭国が描かれているようだが、「一万二千里」という距離の概念が会稽の東にあって、孫呉の背後を衝くために倭国を過大に取り上げたという仮説は、確かな検証の上に成り立つものであろうか。私には中国側の読者にとって「はるけき距離」のイメージを読者周知の中国国内の位置関係をもって分かりやすく示したように思うのだが。

《書評Ⅲ》藤原明『偽書「東日流外三郡誌《つがるそとさんぐんし》」の亡霊』（河出書房新社）

『東日流外三郡誌』の編著者秋田孝季が実在した人物とすれば、その言説の力強さに惹かれて、もっと深くその人物について知りたいという衝動に駆られる。古田先生もその紹介者である和田喜八郎さんを介して、そんな思いにとらわれたのではないだろうか。どこか自分に通じるものを感じながら。

『偽書「東日流外三郡誌」の亡霊』は大変な労作である。偽書説の本はいくつか通読したが、この著作は単なる批判の書とは一線を画していて、一点を除いては嫌味なく読み通すことができた。ただし、次の一節「本書を手にされた読者の中には、古田武彦はどうかと思われる方はそんなにいないと思うが、古田はマスメディアに結構熱烈な信者も多いので、念のため記す」（135～136ページ1行目）という箇所だけは肯《がえ》んじ難い。

私は五十年来の古田武彦先生の著述の読者であり、この書の主張の可否は別として、丹念に事実を追い偽書の証明資料を展開する姿勢には敬服する者であるが、せっかくの好著にあって、この表現は古田シンパとは言わないまでも、何か愚弄されているように感じて、一言申し述べさせていただきたい。

古田先生の読者の中には、それぞれが今までの古代史家が読者を論理的に納得させられなかったテーマを斬新な切り口で解体して見せてくれたが故に、取り込まれていったものが少なくないと思われる。先生が好んで用いる親鸞の言葉を借りて言えば、「たとい法然上人にすかされまいらせて、念仏して地獄に堕ちたりとも、さらに後悔すべからず候」(『わたしひとりの親鸞』P59、明石書店)。

古田史学は、今まで霧の中に覆い隠されていた真実の歴史像を私たちに開示して見せてくれたのか、それとも私たちは古田イリュージョンの世界とでもいう「壮大な虚構」に踊らされていたのか？　その人の生きざまに惚れているのは確かだろうが、「信者」ではない。その著作に啓発されて、私たち自身が歩み始めているのだから。

《書評Ⅳ》五味文彦
『明日への日本歴史1　古代国家と中世社会』（山川出版社）

歴史書の権威山川出版社から『明日《あした》への日本歴史』と銘打ったシリーズが刊行された。その第一弾である本書は、従前の歴史概説書とは趣を異にして、著者が序文で述べているように、前著『文学で読む日本の歴史』を底本としていて、書き出しは「神々の誕生」となっている。『明日への日本歴史』というシリーズ名から連想した未来志向のものとは異なって違和感を禁じえなかった。丁度並行して読んでいた文部省発行の『復刻版・高等科國史』（ハート出版）が甦ってきたかのようだった。

それぞれの論者の見方によって異なるだろうが、津田左右吉によっていったんは否定された記紀の歴史像が、考古学の進展に後押しされて新しい局面に入ったようだ。

対馬の小船越《こふなこし》にひっそりと鎮座する阿麻氐留《あまてる》神社は海洋民にとっての守護神の原型のような存在（その一番素朴な形が誰もが知っているテルテル坊主とか？）、また壱岐には吉野ヶ里よりも広大な原《はる》の辻遺跡という環濠《かんごう》集落がある。その壱岐・対馬の海上領域に支配権を持っていた集団が九州北部の沿岸地帯を武力侵攻する（天孫降臨）、そしてさらにその後に北部九州の勢力が力を付けて近畿へ侵入する（神武東征）。

戦後、歴史の舞台から退場していた神話が、その史実性を考古学等の裏付けを得て違和感がなく取り上げられている。この著述では弥生時代について考古学的知見と『魏志倭人伝』の整合性を試みたり、古墳時代から倭王の世紀（倭の五王の時代）へかけては中国史書と『日本書紀』とのつじつま合わせが旧来の手法――半世紀前の論法がそのままに踏襲されている。

編集部はこの状況を現況と捉えて、ここから「明日への歴史」を踏みだそうという決意をこのシリーズタイトルに託したのであろうか？　これは私一人の勝手な思い込みに過ぎない。いずれにしても、その第一作である本書に明日への展望が感じられなかったのは非常に残念としか言いようがない。

追伸

75ページ終わりから3行目「鞍智《あんち》城」とあるのは「鞫智《きくち》城」の誤りではな

いでしょうか？ 歴史書には定評のある山川出版さんでこんな校正ミスがあるのは珍しいのでは。私の勘違いであれば本当にごめんなさい。

おもいで語り（3）『日本書紀』の謎掛け ――共同研究会から

正確には『日本書紀』編纂者の謎掛けというべきか。象徴的なのは「継体紀」の最末尾、継体天皇の崩年について、国内文献と海外史料との齟齬がある。具体的には『百済本紀』からの引用記事に「日本天皇及び太子・皇子、倶に崩薨」とあるが、しかしながら国内伝承のどの天皇紀にも該当する事例を見ない。そして、読む者の注意を喚起するように「後に勘校する者知らむ」と判断をゆだねている。

また、坂本太郎の論考「天智紀の史料批判」（『日本古代史の基礎的研究』上・文献篇）に見られるように「天智紀を一見して気づくことは、この巻に編集上の遺漏欠陥が多く、未定稿ともいいたいような杜撰の所の見えることである」として記事の同事重出・矛盾疎漏が指摘されている。

なぜか？　ただ指摘に留まって、論文の末尾に「わたくしは自信ある結論に達する段階に至っていない。今後の課題としたいと思うのである」と結論を留保されている。坂本太郎博士と言えば、古田先生の講演のおりによく引用されるように、篤実な学者の代表的な方である。とりわけ「法華義疏《ほっけぎしょ》」の研究にあたっては、古田先生が坂本博士のご自宅を訪問した際に自己の立場と異なる見解の研究者に対しても分け隔てなく接して、宮内庁宛ての紹介状を書いていただいた時の対応に深く感謝された話が印象的であった。

『日本書紀』は古代における国家事業として、舎人親王を頂点に当代の優れた官僚・学者陣が参集して編纂にあたったと思われるが、引用した事例の他にもいくつか〝謎掛け〟と思われる節が見受けられる。これらの事例は古田先生が神の誕生についてよく話される「ヨーロッパはキリスト教単性社会」だというのと同じく、わが国が戦前及び戦後の一時期まで、いや今もなお近畿天皇家一元主義の状況下にあり、その枠を超えての発想に行きつかなかった。すなわち〝九州王朝の先在〟の視点が欠けていたためではないであろうか。『日本書紀』の編纂者自身がそのことを十二分に承知していたと思われる。

コラム⑤

神話が地上に降りてきた

『古事記』天孫降臨に登場する瓊瓊杵尊《ににぎのみこと》が述べたという。

「此地は韓国に向ひ笠紗の御前にま来通りて、朝日の直刺す国、夕日の日照る国なり。かれ此地ぞいと吉き地」と詔りたまひ……（後略）

（武田祐吉訳注『新訂古事記』角川文庫）

私たち戦後生まれの世代にとって、神話は実に難解。原文は次の通りである。

此地者向韓國眞來通笠紗之御前而
朝日之直刺國夕日之日照國也故此地甚吉地

チンプンカンプンで神話の話は遠ざけていたが、古田先生が次の解釈を示された。

「此地は
(北は) 韓国に向ひて真木通り
(南は) 笠紗の御前にして
(東は) 朝日の直刺す国

（西は）夕日の日照る国なり。

かれ此地ぞいと吉き地」と詔りたまひ

平易な四至文であるという説明を得て、難解な解読から解き放された。これなら対比して地図上にすんなり当てはまるではないかと推察でき、神話が一気に身近なものに感じた。

3 中国歴訪の旅

——北京（周口店《しゅうこうてん》）・成都（三星堆《さんせいたい》）

北京原人のふるさと

北京市といっても、ほぼ日本の四国ほどの広さ（島嶼《とうしょ》部を除いて）となる。市の中心部から市内へ移動すると言っても半日がかりになることも。北京在住のメロス言語学院の卒業生、王京生さんが、私の初めての

北京猿人遺址案内板

石碑

中国訪問を歓迎して北京を案内してくれた。万里の長城や故宮博物院など一通りの観光を済ませ、同じ北京市内という気安さから、かねて希望していた北京原人の遺跡として知られる周口店（北京市房山区）に連れていってもらうことになった。ここは教科書でしか知らなかった場所で、実際に現地を見られるという期待感が募っていた。しかし、さすがに北京は広い。行けどもなかなか目的地にたどり着けない。現地の案内は「北京猿人遺址」となっていて、ひっそりとした場所に佇んでいた。

北京では日本のような晴れ渡った青空を見られることはほとんどない。いつもうっすらと靄がかかったような感じがしている。この状況から早く抜け出したいと周口店に向けて車を走らせていた。

途中車窓から目にした光景があまりに幻想的だったので、立ち寄ってもらった。白いスーツ姿の女性が橋の中央の欄干に身を委ねて、何か物思いにふけっていた。橋と遠くに小さく見える女性の後ろ姿をカメラに収めて、思い出に留めておくことにした。その橋は、盧溝橋だった。

盧溝橋全景

盧溝橋の石碑の前で

三星堆博物館訪問記

日本からの直航便があり、世界遺産黄龍《こうりゅう》・九寨《きゅうさい》溝《こう》の玄関口として近年脚光を浴びている成都は街に外国人が目立ち、ツアーで訪れる日本人観光客も多く見かけるようになった。市の中心部で始まった地下鉄工事の進行がこの街の発展・成長を物語っている。観光名所・歴史遺産など今後観光開発が進み、日本との交流はますます増大すると思われる。このような状況の中で、当地における日本語学習熱も高まってきている。

「三星堆　中国 5000 年の謎・驚異の仮面王国」　展／1998 年
世田谷美術館

市内から北へ高速道路を小一時間（約四十キロメートル）ほど走ると、のどかな田園風景の中に新しい町が出現する。観光客目当ての三つ星ホテルも建てられている。

一九九八年、東京の世田谷美術館で「三星堆　中国5000年の謎・驚異の仮面王国」として衝撃的に紹介されてからほぼ十年、まさか現地を訪れる機会があろうとは思ってもみなかった。この遺跡の出土物を象徴する飛び出した目を持つ「青銅縦目《たてめ》仮面」、四メートル近い高

博物館全景

さのある「青銅神樹《しんじゅ》」、象牙を抱えているると思われる「青銅立人像」など多くの遺品が、二つの展示館に収められて紹介されている。

最近（二〇二四年九月四日）NHK番組「歴史探偵　中国　謎の古代文明を追え！」で紹介されていたのを見たら、さらに整備・充実した博物館に生まれ変わっていた。

殷末に長江上流域（鴨子河《おうしが》の川べり）に発達した古代文明は、現地では「古蜀《こしょく》文化の聖地」として喧伝されているが、謎はまだ解明されていないようだ。博物館には日本からの訪問者が多いせいか、前もって申し込んでおくと日本語で案内と解説をしてくれる。

三星堆遺址石碑

4 初めての韓国旅行 ——H・Kさんへの手紙

先日は奴国《なこく》展の資料をありがとうございました。その解説にある通り、弥生遺跡の宝庫である福岡市から春日市のラインを奴国としてしまうと、邪馬壹国＝いわゆる邪馬台国は永遠に発見されないでしょう。むしろ古代史の門外漢である貴女の直感——「春日の丘に立つと、ここが福岡平野の扇の要に位置していることがよくわかりました」という感想が正鵠を射ていると思います。

さて、今回三泊四日の短い旅程でしたが（遅ればせながら）念願の韓国を旅してきました。案内にあたったガイドさんが大学で歴史を専攻した方で、私には大変好都合、ソウル郊外の水原（スウォン）や百済の旧都を訪問しました。しかし肝心の帯方郡治趾や白村江については残念ながら確認できませんでした。

扶余（プヨ）と公州（クァンジュ）を訪れた時、そのガイドさんが「武寧《ぶねい》（ムリョン）王陵が発見されるまでは、百済にはこれといった目ぼしい遺跡がないことを残念に思っていました」と語っていました。私は事前に中国の例を挙げて古田先生の話を伺っていたので、その辺の事情をよく理解することができました。敵国の侵略を受けた場合、その王朝に関わる構築物は潰滅させられたため、地表の一部もしくは地下の施設にしか遺構や遺物が残っていないのが一般的です。

それと同じ状況が九州の古代遺跡にも当てはまります。都府楼跡しかり、前原の古代王墓しかり。その象徴的な事例が筑紫《ちくし》の君磐井《きみいわい》の墳墓と言われている八女《やめ》の岩戸山古墳でしょうか。

「他者の目を通じて己を見る」と言いますが、客観的に物事を観察することによって、よりはっきりと古代の真実が見えてくるような気がしています。

また、ソウルには歴代の王家を祀る宗廟《そうびょう》（チャンミョ）が残されています。日本では珍しいのですが、博多近郊の香椎宮《かしいぐう》にも神功廟《じんぐう》として、この思想が伝えられているようです。古田先生のお話では、ここに古代史の謎が隠されているということで、近々訪ねてみたいと思っています。その時にお目に掛かれることを楽しみにしています。

（東京古田会ニュース　二〇〇一年 七月）

あとがきに代えて ――井上義也『奴国の王都／須玖遺跡群』を読んで

ああ、嘆かわしい。亀井館長さんが生きていたら、さぞ落胆したに違いない。しっかりしろよ後輩たち、と。

新泉社さんから『シリーズ「遺跡を学ぶ」163 奴国の王都 須玖遺跡群』が発刊されて、題記のリーフレットが送られてきた。さっそく楽しみに近所の書店に駆け込んで、手にしたのだが……。

もう何年前になるだろうか。古田先生に引率された「北九州古代史の旅」(朝日旅行主宰)で、奴国の丘歴史資料館の前身にあたる「春日市立埋蔵文化財収蔵庫・民俗資料館」を訪れた時のことが懐かしく思い出される。私の歴史紀行「魏志倭人伝を歩く」（『神話の原風景』所収）の中に「女王の宮殿の所在——春日市長に宛てた手紙」というタイトルで次の一文を載せた。

好々爺然とした亀井館長に「卑弥呼の墓はどこにあったと思われますか？」と尋ねてみました。すると、亀井さんは相好を崩して、ただニコニコと頷いておられました。その表情から、「それは、いまお前さんが立っているところだよ」と無言でおっしゃっているように受け取れました。そういう場所にあって、地元の方が「奴国の丘」などと命名されるのは如何なものでしょうか。

資料館に隣接する須玖岡本遺跡は出土物の内容から見ると、王墓級であり、そこから「奴国王墓」という表現を用いたのでしょうが、この地を『魏志倭人伝』の「奴国」とする限り、女王の都する処＝いわゆる「邪馬台国」＝

『魏志』に言う「邪馬壹国」は永遠に発見できないでしょう。

私の友人は古代史の門外漢ですが、その直感でここが「福岡平野の、扇の要の位置を占めている」と看破しています。

まさに宝の眠っている、その地にいて「目に鱗を張り付けたまま」では残念の極み。若い考古学徒は「師の説になゞみそ」の精神をもって柵《しがらみ》にとらわれず、この五〇年文献史学の到達点に謙虚に耳を傾けるべきではないでしょうか。


考古学者の間でも『魏志倭人伝』の解釈はさまざまである。考古学の重鎮が次のコメントを寄せている。

「定型化した古墳の出現が三世紀中葉すぎの『魏志倭人伝』が描く壱与の時代、すなわち邪馬台国の時代にまでさかのぼることからも、もはや邪馬台国

九州説が成立し難いことはあらためて述べるまでもなかろう」（白石太一郎編『倭国誕生』吉川弘文館／36ページ）

文京区民センターは古田先生が主宰した「共同研究会」が二年余にわたって開講された懐かしい会場である。そこで二〇二四年十月二十七日古田史学の会・多元的古代研究会主催の講演会が開かれた。テーマの一つは関川尚功『畿内ではありえぬ「邪馬台国」』

どうした風の吹きまわしなのでしょうか。「造反有理」というと私たちの世代には懐かしい響きですが、「邪馬台国畿内説」のお膝元（本丸は京都？）奈良県の、しかも橿原考古学研究所の研究員から否定の見解が発表されるとは！（しかし、残念ながら後半『魏志倭人伝』の行程記事の解説で、図面上奴国の位置が通説に従って、「漢委奴国王」の金印が出たという博多湾岸に

設定されていました。行路記事の読み違いはもったいない。正解までに今一歩）

資料提供

・四万温泉　湯元四萬舘
・竹富島　小浜荘
・八王子　大学セミナーハウス
・早稲田大学　成文堂書店
・古田武彦と古代史を研究する会（東京古田会）
・多元的古代研究会

〈著者紹介〉
香川　正（かがわ　ただし）
1946年（昭和21年）、東京生まれ。
1969年、早稲田大学法学部卒業。
現在、学校法人香川学園（理事長 香川順子）、
メロス言語学院顧問。
としま文化応援団の一員。

おもいで語《がた》り
――片想《かたおも》いだらけの青春《せいしゅん》・古代《こだい》逍遥《しょうよう》

2025年3月24日　第1刷発行

著　者　　香川　正
発行人　　久保田貴幸

発行元　　株式会社 幻冬舎メディアコンサルティング
〒151-0051　東京都渋谷区千駄ヶ谷4-9-7
電話　03-5411-6440（編集）

発売元　　株式会社 幻冬舎
〒151-0051　東京都渋谷区千駄ヶ谷4-9-7
電話　03-5411-6222（営業）

印刷・製本　中央精版印刷株式会社
装　丁　　弓田和則

検印廃止

Printed in Japan
ISBN 978-4-344-69240-4 C0095
幻冬舎メディアコンサルティングＨＰ
https://www.gentosha-mc.com/